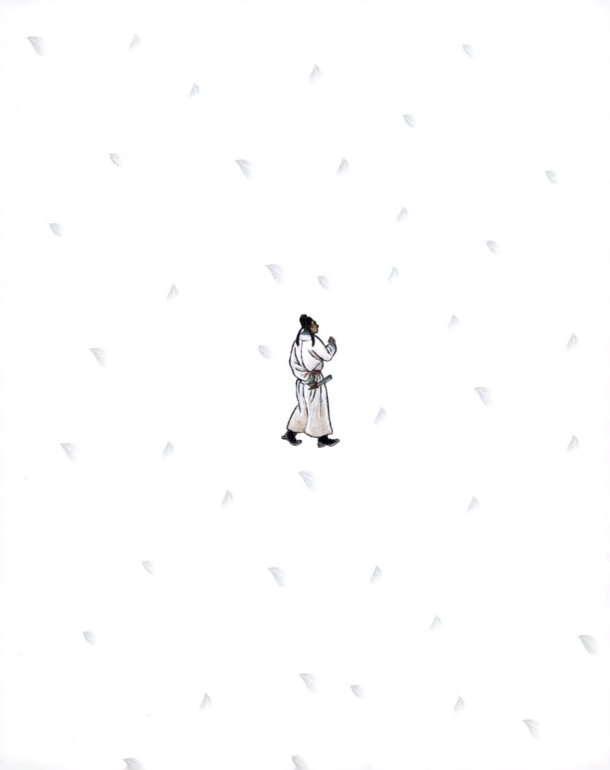

给孩子读的古诗词

儒雅翩翩

迟红叶 编写

范振涯等 绘画

北方妇女儿童出版社

·长春·

图书在版编目（CIP）数据

给孩子读的古诗词. 儒雅翩翩 / 迟红叶编写；范振
涯等绘画. -- 长春：北方妇女儿童出版社，2020.1
　　ISBN 978-7-5585-4194-0

　　Ⅰ.①给… Ⅱ.①迟… ②范… Ⅲ.①古典诗歌—诗
集—中国—儿童读物 Ⅳ.①I222.72

　　中国版本图书馆 CIP 数据核字（2019）第 248928 号

给孩子读的古诗词·儒雅翩翩

GEI HAIZI DU DE GUSHICI RUYA PIANPIAN

出 版 人	刘　刚
策 划 人	师晓晖
责任编辑	李　严　左振鑫　鲁　娜
装帧设计	李亚兵
绘　　画	范振涯　葛闽丰　李兴武　白炬熔　戴友生　杨　平　罗法然 等
开　　本	787mm×1092mm　1/16
印　　张	7
字　　数	150 千字
版　　次	2020 年 1 月第 1 版
印　　次	2020 年 1 月第 1 次印刷
印　　刷	北京久佳印刷有限责任公司
出　　版	北方妇女儿童出版社
发　　行	北方妇女儿童出版社
地　　址	长春市龙腾国际出版大厦
电　　话	总编办：0431-81629600　　　发行科：0431-81629633
定　　价	42.80 元

诗情画意伴成长

    中华文化源远流长，中国古典诗词是千年沉淀的精华，是一个民族的灵魂所载，它有着"随风潜入夜，润物细无声"的神妙作用。孔子说："不学诗，无以言。"很多有素养、有远见的父母，都会在孩子牙牙学语起就让他们背诵一些古诗词。

    清代蘅塘退士孙洙有言，"熟读唐诗三百首，不会作诗也会吟"。背诵是孩子的天性，是孩子非常喜欢的活动，0~13岁是孩童背诵的黄金时期，在孩子记忆力最好的时期让他们接触最具经典和价值的作品，是奠定一生的语言文字功底和思维能力的最好方式。诵读经典受益终生。

    诗香浓浓，声声悦耳，小小读书郎，一定是很美的画面。出版一套与众不同的、精美的古诗词，是我们送给孩子的真诚礼物。这套"给孩子读的古诗词"充满了浓浓的中国风和儒雅的书卷气；插图为众多国画家的倾心之作；为了方便家长、老师、小朋友使用，配有难字注音、注释、诗词大意、鉴赏，让孩子能真正读懂、会背、领悟。

    全套丛书共四册：《给孩子读的古诗词·儒雅翩翩》《给孩子读的古诗词·清丽婉约》《给孩子读的古诗词·壮志豪情 》《给孩子读的古诗词·山水田园 》。书名里包含着我们的良好用心和美好祝福。

    祝愿小朋友，都有一个有诗词相伴的快乐童年。

编者

目录

亲爱的————

  你读过的每一首诗，
  将陪你走过接下来的每一段路。

      永远爱你的 ————

杂诗（节选）

〔晋〕陶渊明

盛年不重来，一日难再晨。

及时当勉励，岁月不待人。

○ **盛年** 壮年。

大 意 壮年时期不可能重来，一天之中也难有两次清晨。应当及时勉励自己，岁月是不会等待人的。

鉴 赏 陶渊明的《杂诗》共十二首，此为第一首节选，是诗人辞官归田后所写。全诗抒发人生无常、生命短暂的感叹，最后这几句却慷慨激越，令人振奋。诗的语言朴实无华，内蕴却极其丰富，发人深省。

登鹳雀楼

〔唐〕王之涣

白日依山尽，黄河入海流。
欲穷千里目，更上一层楼。

○ **鹳**(guàn)**雀楼** 旧址在山西省永济县，黄河中的一个小岗上，后被洪水冲没。
○ **白日** 太阳。
○ **欲** 想要。　○ **穷** 尽，达到极点。　○ **千里目** 指远望的目光。　○ **更** 再。

大 意 太阳依着山峦沉没，黄河向着大海奔流。想要看遍远方的景色，就要再登上一层楼。

鉴 赏 这首诗写诗人登鹳雀楼时的所见所感，虽然写的是自然景色，开笔却气势磅礴，写出了祖国河山的壮丽景象。诗的后两句写诗人从美景中悟出的深刻哲理，在登高望远中透露出诗人的不凡胸襟抱负，反映了诗人积极探索和无限进取的人生态度。

听弹琴

〔唐〕刘长卿

泠泠七弦上，静听松风寒。

古调虽自爱，今人多不弹。

○ **泠**(líng)**泠** 形容声音清越、悠扬。

○ **七弦**(xián) 指古琴。古琴有七根弦，所以也称七弦琴。

○ **松风** 琴曲名，指《风入松》曲。 ○ **寒** 凄清。

○ **古调**(diào) 古代的曲调。

大　意 古琴奏出的乐曲清越悠扬，静静倾听就像《风入松》曲一般凄清。这古老的曲调我虽然很喜爱，但如今人们大多已经不再弹了。

鉴　赏 这是一首托物言志的小诗。全诗先写琴音的美妙动听，再写世人不爱高雅的古调，引出诗人不趋于流俗、在世少知音的感慨，并流露出怀才不遇的感伤。全诗意境清雅，语言含蓄，意蕴深远。

登乐游原

〔唐〕李商隐

向晚意不适，驱车登古原。

夕阳无限好，只是近黄昏。

○ **乐游原** 在长安东南隅,是登高望远的游览胜地。

○ **向晚** 天色将晚的时候,傍晚。　　○ **不适** 不悦,不快。　　○ **驱车** 赶车,驾驶车辆。

大 意 傍晚时分心情不是很好,就驾着车登上了古原。夕阳是那么美好,只是已经接近黄昏了。

鉴 赏 这首诗是李商隐黄昏游览乐游原时所写的。前两句点出登原的原因,后两句赞美黄昏前的原野风光,于景物描写中蕴涵着诗人对美好事物流逝的深长感慨,也反映了诗人热爱生命、临老不哀的积极乐观的精神。

梅 花

〔宋〕王安石

墙角数枝梅，凌寒独自开。

遥知不是雪，为有暗香来。

○ **凌寒** 冒着严寒。

○ **为（wèi）** 因为。

大 意 墙角有几枝梅花，冒着严寒独自盛开。远远看去那枝头点点洁白的梅花，似雪而实不是雪，因为隐隐传来阵阵清香。

鉴 赏 这是一首吟咏梅花的小诗。诗人以梅花不畏严寒的高洁品性，来表明自己处于恶劣环境中仍能坚持操守、不与世俗同流合污的心境。整首诗语句十分清新自然，却又意味深远，体现了诗人坚守自我的信念。

夜宿山寺

〔唐〕李 白

危楼高百尺，手可摘星辰。
不敢高声语，恐惊天上人。

○ **危楼** 高楼，指建筑在山顶的寺庙。　○ **百尺** 形容楼很高。
○ **语** 说话。

大 意 寺院的高楼好似有百尺高，仿佛伸手就能摘下天上的星辰。我不敢高声说话，怕惊动了天上的神仙。

鉴 赏 这首诗写诗人夜间登上高楼的所见所感。诗人用极其夸张的手法写出了寺中楼宇的高耸，为读者展现了一座难以想象的宏伟建筑，给人身临其境的感觉。全诗语言自然朴素，想象奇特，体现了诗人率真豪迈的诗歌风格。

风

〔唐〕李峤

解落三秋叶，能开二月花。

过江千尺浪，入竹万竿斜。

○ **解落** 吹落。 　○ **三秋** 晚秋，指农历九月。

〈大 意〉 能吹落秋天的树叶，能催开二月的花朵。风吹过江面能掀起千尺的巨浪，吹入竹林能让万千竹竿倾斜。

〈鉴 赏〉 这是一首构思别致的写风诗。全诗没有出现一个"风"字，而是通过风对事物的作用去表现风的强大，以间接描写来反映风的种种情态，让人感受到风的魅力与威力。短短的四句诗，体现了诗人对于外物变化的用心感受和敏锐的察觉能力。

江上渔者

〔宋〕范仲淹

江上往来人，但爱鲈鱼美。
君看一叶舟，出没风波里。

○ **但** 只。

○ **君** 对人的尊称，你。　○ **一叶舟** 比喻小船像一片树叶一样在江上漂浮。

○ **出没**(mò) 出现与隐没。

大 意 江上来来往往的人，只喜爱鲈鱼的美味。请你们看看打鱼人的小船吧，正在风浪里飘摇，时隐时现。

鉴 赏 这首诗写行人喜爱鲈鱼的美味，却不知捕鱼的艰险，反映了渔民劳作的艰辛。诗人用朴实的文字和形象的对比，不事雕琢地写出了打鱼人的艰难处境。全诗情真意切，质朴的诗句中体现出诗人对劳动人民的无限同情。

悯　农（其一）

〔唐〕李绅

春种一粒粟，秋收万颗子。
四海无闲田，农夫犹饿死。

- **悯**（mǐn）哀怜，怜悯。
- **粟**（sù）泛指谷类。　○ **子** 植物的果实、种子。这里指粮食。
- **四海** 指全国各地。　○ **闲田** 指无主之田，无人耕种的荒地。

大　意 春天种下一颗种子，秋天就能收获很多粮食。四海之内没有一块荒废的田地，农夫却仍然会被饿死。

鉴　赏 《悯农》是唐代诗人李绅写的一组反应农民生活的小诗，一共有两首。这首诗形象地描绘了到处硕果累累的丰收景象，再用良田万亩和农夫饿死的强烈对比，突出了农民终年辛劳却无法得到生活保障的现实问题，表达了诗人对农民真挚的同情。

悯 农（其二）

〔唐〕李绅

锄禾日当午，汗滴禾下土。

谁知盘中餐，粒粒皆辛苦？

○ **禾** 谷类植物的统称。"锄禾"指给禾苗松土、除去杂草。　○ **当午** 正午，中午。

○ **皆** 全，都。

大 意 农民在正午的烈日下给禾苗松土除草，汗水滴在禾苗下的土地上。谁又知道碗盘中的粮食，每一粒都是农民辛勤劳动的成果呢？

鉴 赏 这首诗是《悯农》的第二首。诗的前两句描绘了烈日当空的正午农民在田间劳作的景象，表现了农民的辛劳生活；后两句用一个意蕴深远的反问句引起人们的深思，简短的诗句中凝聚着诗人对现实的无限愤懑和对农民的深切同情。

清 明

〔唐〕杜 牧

清明时节雨纷纷，路上行人欲断魂。
借问酒家何处有，牧童遥指杏花村。

○ **纷纷** 细密而零乱的样子，形容多。　○ **断魂** 形容情绪低落。
○ **借问** 向别人打听。　○ **酒家** 酒肆，酒店。　○ **杏花村** 杏花掩映的村庄，非实指。

大 意 清明时节细雨纷纷飘洒，路上的行人情绪十分低落。想问问哪里会有酒店，牧童伸手指向远处杏花掩映的村庄。

鉴 赏 这首诗写清明雨中的情景，意境清新优美，历来广为人们传诵。清明冒雨赶路的行人本来心境低落，却被牧童那一指振奋了精神。诗人寥寥几笔，于清冷中透出"柳暗花明又一村"的开阔境界，耐人寻味。

乌衣巷

〔唐〕刘禹锡

朱雀桥边野草花，乌衣巷口夕阳斜。

旧时王谢堂前燕，飞入寻常百姓家。

○ **乌衣巷** 东晋时，乌衣巷是高门士族的聚居区，后破败成为普通百姓的居住之地。

○ **朱雀桥** 南京秦淮河上的一座桥。

○ **王谢** 指东晋时开国元勋王导和指挥淝水之战的谢安。　○ **寻常** 平常，普通。

大 意 朱雀桥边长满野草野花，乌衣巷口只剩夕阳西斜。当年王家和谢家堂前檐下的燕子，已飞进了平常百姓家中。

鉴 赏 这是一首怀古诗，诗人借乌衣巷旧时繁华和今日荒凉的对比，抒发世事多变、沧海桑田的感慨。诗中没有一句议论，而是通过朱雀桥边的景物描写，以燕子将历史和现实联系起来，蕴含着深刻的寓意，引发人们的思考。

过华清宫绝句（其一）

〔唐〕杜牧

长安回望绣成堆，山顶千门次第开。

一骑红尘妃子笑，无人知是荔枝来。

○ **华清宫** 唐代帝王游幸的别宫，在今陕西省西安市临潼区骊山上。

○ **绣成堆** 指骊山两旁的东绣岭、西绣岭，此处形容骊山美如锦绣。

○ **千门** 宫门众多，形容华清宫的宏伟壮丽。　　**次第** 依次。

○ **一骑**(jì) 指一个人骑着马。　○ **红尘** 车马扬起的飞尘。

○ **妃子** 指杨玉环，唐玄宗李隆基的宠妃。传言杨贵妃爱吃荔枝，为了让她吃到新鲜荔枝，唐玄宗不惜派人快马加鞭将荔枝从产地运到京城长安。

大 意 从长安回头远望骊山宛如团团的锦绣，山顶上华清宫的千重宫门依次打开。有一个人骑着马飞驰而来扬起阵阵尘土，妃子见了会心一笑，没人知道这是从南方送了新鲜荔枝过来。

鉴 赏 这是一首借古讽今的小诗。诗人通过唐玄宗劳民伤财为杨贵妃供应荔枝这样的事件，鞭挞了唐玄宗和杨贵妃骄奢淫逸的生活，并借历史讽喻现实，表达诗人对统治阶层穷奢极欲、荒淫误国的不满和愤懑之情。

江南春

〔唐〕杜 牧

千里莺啼绿映红，水村山郭酒旗风。

南朝四百八十寺，多少楼台烟雨中。

○ **山郭** 山城，山村。 ○ **酒旗** 古代酒店悬挂于路边用来招揽生意的标帜。

○ **南朝** 南北朝时期南方宋、齐、梁、陈四个朝代的总称。

○ **四百八十寺** 南朝时期皇帝和官员都信奉佛教，所以佛寺众多。这里的"四百八十"并不是实指，而是形容寺庙多。

大 意 千里江南到处都是黄莺啼鸣、绿树红花相映，水边村庄，山边城镇，酒旗在风中招展。南朝时期遗留下那么多的古寺，无数楼台都笼罩在迷蒙的烟雨之中。

鉴 赏 这首诗描写江南一带动人的春光，前两句描绘江南花红柳绿、酒旗招展的美丽景色，后两句写掩映在江南烟雨中的佛寺楼台，于明朗绚丽之中又增加了一份朦胧的意境。全诗意蕴深远，景色描写中又包含着一缕含蓄悠长的情思，给人无限遐想。

赠花卿°

〔唐〕杜 甫

锦城°丝管°日纷纷，半入江风半入云。

此曲只应天上有，人间能得几回闻°。

○ **花卿** 指唐朝武将花敬定。"卿"是古代高级官名或对人的敬称。
○ **锦城** 指成都。　○ **丝管** 弦乐器与管乐器，泛指音乐。
○ **闻** 听到。

⊰大 意⊱ 成都上空整日都有纷乱的乐曲飘扬，一半随着江风远去，一半飘入云端。这样的乐曲只能在天上才有，人间又能听得到几回呢？

⊰鉴 赏⊱ 这是一首赞美乐曲的诗。诗人先实写成都城内飘扬的动听音乐，再以天上的仙乐相比，将乐曲的美妙写到了极致。全诗有动有静，有实有虚，既形象地描绘出了乐曲的悠扬悦耳，又含蓄地表达了对花卿骄奢生活的劝谏，十分耐人寻味。

元 日

〔宋〕王安石

爆竹声中一岁除，春风送暖入屠苏。

千门万户曈曈日，总把新桃换旧符。

○ **元日** 农历新年的第一天，即正月初一。

○ **岁** 年。　○ **除** 去，逝去。　○ **屠苏** 一种酒，常在正月初一时饮用。

○ **曈(tóng)曈** 太阳初升时明亮的样子。

○ **桃** 指桃符。古人把画有门神的桃木板挂在大门旁，用以驱鬼辟邪，每年除夕更换一次。

大 意 在鞭炮声中一年过去了，在送暖的春风中，畅饮可避瘟疫的屠苏酒。千家万户都沐浴在初升的阳光下，忙着把旧的桃符换成新的。

鉴 赏 这首诗描写农历新年时的热闹景象。诗人抓住老百姓过春节时放鞭炮、喝屠苏酒、换桃符的生活细节，充分描绘出了人们过年时的欢乐气氛，表现了春节时万象更新的景象，字里行间充满了积极向上的乐观精神。

泊秦淮

〔唐〕杜牧

烟笼寒水月笼沙，夜泊秦淮近酒家。

商女不知亡国恨，隔江犹唱《后庭花》。

○ **秦淮** 河名，在今江苏省。

○ **寒水** 寒冷的河水。

○ **商女** 歌女。

○ **《后庭花》** 指南朝陈后主所作的歌曲，本名《玉树后庭花》。陈后主不顾国事，整日沉醉在歌舞享乐之中，所以后人将这首歌称为"亡国之音"。

大 意 轻烟笼罩着寒冷的河水，月色笼罩着河边的白沙，夜晚将船停泊在秦淮河上靠近酒家的地方。歌女不知道亡国的遗恨，隔着江水还在唱《玉树后庭花》。

鉴 赏 这首诗是诗人夜晚停船在秦淮河时所作的，前两句写秦淮河的夜景，后两句借陈后主追求享乐亡国的历史发出感慨，讽刺当时沉迷歌舞的官僚阶层，表达了诗人对国事的深切担忧和关怀之情。

蜂

〔唐〕罗隐

不论平地与山尖，无限风光尽被占。

采得百花成蜜后，为谁辛苦为谁甜？

○ **山尖** 山顶。　○ **尽** 全，都。

大 意 不论是在平地还是在山峰，无限花开的风光都被蜜蜂占据。它们采集百花酿成蜂蜜，又是为了谁在辛苦、为了让谁品尝香甜呢？

鉴 赏 这是一首吟咏蜜蜂的诗。诗人通过蜜蜂采花酿蜜的习性，赞美了辛勤的劳动者；又借人们获取蜂蜜的行为，表达了对不劳而获者的不满。短短的几句诗中，蕴含着诗人对劳动人民的真挚同情和对社会问题的深刻思考。

闻王昌龄左迁龙标遥有此寄

〔唐〕李白

杨花落尽子规啼，闻道龙标过五溪。

我寄愁心与明月，随风直到夜郎西。

○ **王昌龄** 盛唐著名诗人，是七绝诗代表作家。

○ **左迁** 降官。　○ **龙标** 地名，在今湖南省黔阳县。

○ **杨花** 指杨树上随风飘散的絮状物。　○ **子规** 杜鹃鸟的别名。

○ **五溪** 指今湖南省西部和贵州省东部的五条溪水。

○ **与** 给。　○ **夜郎** 唐代的夜郎县，今划归湖南省沅陵县。

【**大 意**】杨花已经落完，杜鹃鸟开始啼鸣，听说你被贬至龙标，要经过五溪地区。我把我忧愁的心思寄托给明月，让它随风陪你一直到夜郎西边。

【**鉴 赏**】这首诗是李白在听说好友王昌龄被贬官之后所作的。诗人用奇特的想象，将自己对好友的怀念和同情通过一轮明月带去，写出了真挚感人的友情，同时表达了诗人对王昌龄无故遭贬、满身才华无处施展的惋惜与同情。

题临安邸

〔宋〕林升

山外青山楼外楼，西湖歌舞几时休？

暖风熏得游人醉，直把杭州作汴州。

○ **临安** 南宋都城，今浙江省杭州市。　○ **邸**（dǐ）客栈、旅店。

○ **西湖** 位于杭州市西面。　○ **休** 停止。

○ **熏**（xūn）指温暖的风吹过。

○ **汴州** 即汴梁（今河南省开封市），北宋都城。

大　意 青山连绵不断，楼台重重叠叠，西湖上的歌舞什么时候才能停止？温暖的风吹得游人如痴如醉，简直是把杭州当成了汴州。

鉴　赏 这是一首写在临安城旅店墙上的题壁诗。诗人先写杭州的美好景色，再写当政者在杭州纵情声色的生活，以此揭露当政者根本无心去收复失地，表达了诗人对此的愤慨和对国家命运的深切忧虑。

题西林壁

〔宋〕苏 轼

横看成岭侧成峰，远近高低各不同。

不识庐山真面目，只缘身在此山中。

○ **西林** 指西林寺,在今江西省九江市庐山北麓。
○ **横看** 这里指从正面看。　○ **岭** 相连的山,山脉。
○ **真面目** 真实的面貌和色彩。　○ **缘** 因为。

《大 意》 从正面看山脉起伏,从侧面看山峰耸立,从远处、近处、高处、低处看各不相同。认不出庐山真实的面貌,只因为我就身处庐山之中。

《鉴 赏》 这是一首蕴含哲理的小诗。全诗语言浅显易懂,却将深刻的道理蕴藏在对庐山景物的描写中:要想认清事物的本质,就要把握全局,全面分析,不能被局部现象所迷惑。整首诗读来朗朗上口,却又含蓄蕴藉,引起人们的无限回味和深思。

登飞来峰

〔宋〕王安石

飞来山上千寻塔，闻说鸡鸣见日升。

不畏浮云遮望眼，只缘身在最高层。

○ **飞来峰** 又名灵鹫峰，在今浙江省杭州市西灵隐寺前。

○ **寻** 古代的一种长度单位，一寻为八尺。　○ **闻说** 听说。

○ **畏** 害怕。　○ **望眼** 远眺的眼睛。

大 意 飞来峰顶有座高高的塔，听说鸡鸣时分可以看到旭日高升。不怕漂浮的云朵会遮住远望的视线，只因为我就身在塔的最高层。

鉴 赏 这首诗写诗人登飞来峰高塔的所见所感。和一般的登高诗不同，诗人没有过多写眼前的景物，而是重点写自己登临高塔的感受，并以此抒发诗人远大的政治抱负和对前途充满信心的精神状态。

观书有感（其一）

〔宋〕朱熹

半亩方塘一鉴开，天光云影共徘徊。
问渠哪得清如许？为有源头活水来！

○ 鉴（jiàn）镜子。　○ 徘（pái）徊（huái）来回往返。
○ 渠 代词，它。这里指方塘的水。　○ 如许 像这样。

大 意 半亩大的方形水塘像一面镜子一样打开，天光和云影共同在水面闪耀浮动。想问这塘水为什么会这样清澈呢？是因为有源头为它不断送来活水啊！

鉴 赏 这是一首富有哲理的小诗。诗人借门口的方塘作比喻，形象地表达了一种微妙的读书感受。池塘里的水因为有活水注入才能保持清澈，一个人也要不断获取新知识，才能保持思想的活跃。诗中流露出诗人对新事物和新思想包容接纳的开明胸襟。

冬夜读书示子聿（其三）

〔宋〕陆 游

古人学问无遗力，少壮工夫老始成。

纸上得来终觉浅，绝知此事要躬行。

○ **子聿**(yù) 陆游最小的儿子。

○ **无遗力** 不遗余力。

○ **少壮** 年轻力壮。　○ **工夫** 花费的精力和时间。　○ **始** 才。

○ **终** 终究，到底。　○ **绝** 绝对，全然。　○ **躬**(gōng)**行** 亲身实践。

⊙大 意⊙ 古人做学问是不遗余力的，年轻时下的苦功要到老了才能取得成绩。书本上得到的知识终究会觉得浅薄，想深入了解其中的道理必须要亲自实践才行。

⊙鉴 赏⊙ 这首诗是陆游晚年读书时写给儿子子聿的，是一首哲理诗。诗人从古人做学问的精神说起，强调了刻苦学习的重要性；又指出只靠读书是不够的，只有通过亲身实践才能真正掌握知识。全诗富含哲理，寄托了诗人对子女的殷切期望。

论 诗

〔清〕赵翼

李杜诗篇万口传，至今已觉不新鲜。

江山代有才人出，各领风骚数百年。

o **李杜** 指唐代大诗人李白和杜甫。

o **才人** 有才气的诗人。

o **风骚** 原指《诗经》中的《国风》和《楚辞》中的《离骚》，这里指诗文创作的成就和名望。

大 意 李白和杜甫的诗篇被成千上万的人传诵，如今读来已经没有什么新意了。国家每一代都有许多有才华的人出现，会各自引领诗文创作成就数百年时间。

鉴 赏 这是一首表达写诗观点的小诗。赵翼提出诗歌创作贵在创新的主张，认为诗歌在随时代不断发展，诗人在创作时也不能一味地刻意模仿，应该顺应时代的发展，写出属于自己的风格。全诗语言直白，但寓意十分深刻。

墨 梅

〔元〕王冕

我家洗砚池头树，朵朵花开淡墨痕。

不要人夸好颜色，只留清气满乾坤。

○ **洗砚池** 是王羲之习字的遗迹。砚（yàn），砚台，一种用来研墨的工具。
○ **清气** 比喻为人的风骨。　○ **乾坤** 指天地之间。

大 意 画上是我家洗砚池边的那棵梅树，朵朵开放的梅花是用淡淡的墨画成的。不需要别人夸它的颜色好看，只留下梅花的清香弥漫在天地之间。

鉴 赏 这首诗是王冕为自己的画作《墨梅图》所作的题画诗。诗中赞美了梅花卓然不群、超逸绝伦的风姿，实际上是借梅自喻，将梅花的清香与诗人的正气巧妙结合在一起，反映了诗人不媚于世俗的高洁品格和淡泊名利的胸襟。

己亥杂诗（其五）

〔清末〕龚自珍

浩荡离愁白日斜，吟鞭东指即天涯。

落红不是无情物，化作春泥更护花。

○ **浩荡** 指无边无际。　○ **吟鞭** 诗人的马鞭。　○ **天涯** 天边，指很远的地方。
○ **落红** 落花，比喻辞官后的诗人。

大　意 离愁无边，太阳西斜，我挥鞭向东似乎就到了天边。落花并不是无情的事物，它化成了春天的泥土，还能滋润未来的花朵。

鉴 赏 《己亥杂诗》是龚自珍对朝廷失望、愤然辞官归家途中所作,这是其中的第五首。诗人借落花化为春泥的联想,表露自己虽然辞官但仍会关心国家命运的心迹,体现了诗人积极向上的人生态度和博大的胸怀。

赠刘景文

〔宋〕苏轼

荷尽已无擎雨盖，菊残犹有傲霜枝。

一年好景君须记，最是橙黄橘绿时。

○ **刘景文** 名季孙，当时任两浙兵马都监，是苏轼的挚友。

○ **擎**（qíng）举着。　○ **雨盖** 比喻荷叶。

○ **傲霜** 不为寒霜所屈。

大 意 荷花开尽已没有高举的荷叶，菊花凋残还剩下傲霜的花枝。一年中最好的景色你一定要记住，就在那橙子金黄、橘子青绿的时节。

鉴 赏 这首诗是苏轼赠给好友刘景文的。诗的表面描写秋末初冬橙黄橘绿的美好景象，实际上是托物言志，勉励好友不要意志消沉。诗人将对好友品格的称颂不着痕迹地融合在景物描写中，表达了对好友的劝慰和支持，体现出诗人的广阔胸襟。

贾 生

〔唐〕李商隐

宣室求贤访逐臣，贾生才调更无伦。

可怜夜半虚前席，不问苍生问鬼神。

○ **贾生** 指贾谊，西汉著名的政论家、文学家，曾提出了许多重要的政治主张，却遭谗被贬，一生抑郁不得志。

○ **宣室** 汉代长安城中未央宫前殿的正室。　○ **逐臣** 被朝廷放逐的官员。

○ **才调**（diào）即才气。　○ **无伦** 没有人能比得上。

○ **可怜** 可惜。　○ **虚** 徒然，白白地。　○ **前席** 向前移动座位，指听话听得入迷。

○ **苍生** 指百姓。

大 意 汉文帝在宣室求问被贬谪的贤臣，贾谊的才气更加无人能及。可惜谈至深夜让汉文帝听得入迷，却只字不提天下百姓，只问了鬼神之事。

鉴 赏 这是一首托古讽今的诗。诗人借汉朝时贾谊的遭遇，抒发对晚唐统治者不问政事、专心求仙的不满，寄托自己怀才不遇、壮志难酬的感慨。诗人的着眼点并没有停留在个人的得失上，而是放眼天下百姓，因此诗意显得深刻而有力。

雪 梅

〔宋〕卢梅坡

梅雪争春未肯降，骚人阁笔费评章。

梅须逊雪三分白，雪却输梅一段香。

○ **降**（xiáng） 投降，服输。

○ **骚人** 诗人，文人。　○ **阁笔** 停笔，放下笔。阁，同"搁"。　○ **评章** 评论。

○ **逊**（xùn） 不如，比不上。

◐ 大 意 ◑ 梅花和雪花争着代表春意不肯服输，诗人只好放下笔来费心评论。梅花差了雪花三分晶莹洁白，雪花却输给梅花一段清幽香气。

◐ 鉴赏 ◑ 这是一首描写雪花和梅花的小诗。诗人别出心裁，让雪花和梅花相争，从而巧妙地点出了二者的长处与不足，蕴含着每个人都有优点和缺点的深刻哲理。全诗写得妙趣横生，体现了诗人高雅的审美情趣。

春 雪

〔唐〕韩愈

新年都未有芳华，二月初惊见草芽。

白雪却嫌春色晚，故穿庭树作飞花。

○ **芳华** 芬芳的花朵。　○ **初** 刚刚。

○ **故** 故意。

大 意 新年来到都还看不到芬芳的花朵，到二月才惊喜地看见小草的嫩芽。白雪却嫌春色来得太晚了，故意化作花儿在庭院树间穿飞。

鉴 赏 这首诗写春天的雪景，用拟人的手法生动地写出了人们对春天焦急盼望的心情。诗人并没有对春日下雪感到遗憾和惋惜，而是从飞雪中看出了春天的气息，因而满怀欣喜。全诗构思新颖，想象奇特，富有浪漫主义色彩，充满了积极向上的力量。

菊　花

〔唐〕元稹

秋丛绕舍似陶家，遍绕篱边日渐斜。

不是花中偏爱菊，此花开尽更无花。

○ **舍**（shè）房屋。

○ **陶家** 指东晋著名文学家陶渊明的家。陶渊明
喜爱菊花，曾写过"采菊东篱下，悠然见南山"的
诗句。

大 意 秋天时一丛丛菊花绕着房舍好似陶渊
明的家，一遍遍绕着篱笆赏菊不觉太阳渐渐西斜。
不是我在花中非要偏爱菊花，而是这种花开过后
就再也没有花可欣赏了。

鉴 赏 这是一首写菊花的小诗。诗人没有正
面描写菊花，却通过写自己喜爱菊花的原因，侧
面烘托菊花经风霜而不败的坚强品格。全诗写得
灵动盎然，却又意味深远，十分具有艺术感染力。

客中行

〔唐〕李 白

兰陵美酒郁金香，玉碗盛来琥珀光。

但使主人能醉客，不知何处是他乡。

- **客中** 指旅居他乡。
- **兰陵** 在今山东省枣庄。　**郁金香** 一种香草。古人用以浸酒，浸后酒色金黄。
- **盛**（chéng）把东西装进去。
- **琥**（hǔ）**珀**（pò）一种树脂化石，色泽晶莹。这里形容美酒色泽如琥珀。
- **但使** 只要。

大 意 兰陵的美酒散发出郁金的香气，用玉碗盛着泛出琥珀色的光芒。只要主人拿出它来一定能让客人醉倒，不知道什么地方才是他乡。

鉴 赏 这首诗是李白在东鲁游历时所作的，赞美了兰陵地区主人的热情好客和美酒的香醇。诗人一改描写游子乡愁的传统写法，而是抒发自己身为客人却乐在其中的乐观精神，表现了李白飘逸洒脱的精神境界，同时也从侧面反映了盛唐时的繁荣景象。

赋得古原草送别

〔唐〕白居易

离离原上草，一岁一枯荣。

野火烧不尽，春风吹又生。

远芳侵古道，晴翠接荒城。

又送王孙去，萋萋满别情。

○ **赋得** 古人借前人的成句为诗时，总会在诗名中加上"赋得"二字。科举考试的试题一般都取自前人，所以题前都有"赋得"二字。

○ **离离** 形容春草茂盛的样子。 ○ **荣** 茂盛。

○ **芳** 花草。 ○ **侵** 蔓延，爬满了。 ○ **晴翠** 草木在阳光照耀下显得更加翠绿。

○ **王孙** 本指贵族子弟，这里指出门远游的人。 ○ **萋(qī)萋** 草木茂盛的样子。

❀ **大意** ❀ 原野上的青草郁郁葱葱，每一年都会枯萎然后重新生发出新绿。大自然的野火也无法将它们烧尽，只要春风一吹又会重生。远方青草爬满了古老的道路，阳光下一片碧绿把边远的城镇也都连接了起来。又要送远游的人离开，茂盛的青草中饱含着离别的深情。

鉴赏 这首诗是白居易十六岁参加科举考试时的题目，也是诗人的成名作。全诗描绘在古原草的烘托下送别的情形，重点赞颂野草蓬勃的生命力，字里行间充溢着诗人对生命的热爱和赞美之情。

069

春夜喜雨

〔唐〕杜 甫

好雨知时节，当春乃发生。

随风潜入夜，润物细无声。

野径云俱黑，江船火独明。

晓看红湿处，花重锦官城。

○ **时节** 节令，季节。　○ **乃** 就。　○ **发生** 出现，此处指下雨。

○ **潜**（qián） 秘密地，暗中。

○ **野径** 田野间的小路。　○ **俱** 全，都。

○ **晓** 天亮。　○ **红** 指花。　○ **锦官城** 指成都。

大 意 好雨好像知道节令似的，正好在春天及时而至。伴随着春风在夜晚悄悄而来，细密无声地滋润着万物。田野间的小路被乌云笼罩，只有江上渔船的灯火闪烁明亮。等天亮时再看被打湿的花儿，整个成都城的鲜花都会因为饱含雨水而变得分外浓艳。

鉴 赏 这是一首描绘春雨的名篇。诗人运用拟人手法，细致地描写了一场春天的及时雨，以及诗人见到春雨的喜悦之情。春雨对于农事来说相当重要，诗人的喜悦也反映出他对百姓生活的深切关心。

旅夜书怀

〔唐〕杜甫

细草微风岸，危樯独夜舟。

星垂平野阔，月涌大江流。

名岂文章著？官应老病休。

飘飘何所似，天地一沙鸥。

○ **书** 书写。　○ **怀** 心意,心情。

○ **危樯**(qiáng) 高高的船桅杆。

○ **涌** 腾跃,这里指光波闪动。

○ **应** 是。　○ **休** 辞去。

○ **飘飘** 漂泊的样子。　○ **似** 像。　○ **沙鸥** 这里是杜甫自比。

🔅**大 意**🔅 微风吹拂着江岸边的小草,夜晚立着高高桅杆的小船孤零零地停在江上。星星垂在天边,平坦的原野显得更加开阔,月光照入大江,光波闪动,江水向东奔流。我的名声难道是因为写文章才显著的吗?我的官职是因为年老多病才辞掉的吧。我四处漂泊的样子像什么呢?就像天地之间一只孤零零的沙鸥。

🔅**鉴 赏**🔅 这首诗是杜甫在旅途中所写。诗人通过对月夜孤舟和平野江流的景物对比,表明天地虽大,却没有诗人安身立命的地方,反衬出一个独立于天地之间的孤独形象。而这也正是诗人一生际遇的真实写照。

终南别业

〔唐〕王维

中岁颇好道，晚家南山陲。

兴来每独往，胜事空自知。

行到水穷处，坐看云起时。

偶然值林叟，谈笑无还期。

○ **终南** 终南山，秦岭山峰之一，在今陕西省西安市南。　　○ **别业** 别墅。

○ **中岁** 中年。　○ **颇** 很。　○ **好**(hào) 喜好，爱好。　○ **陲**(chuí) 边缘，旁边。

○ **兴**(xìng) 兴致。　○ **每** 常常。　○ **胜事** 美好的事情。　○ **空** 只。

○ **值** 遇到，碰上。　○ **叟**(sǒu) 老人。　○ **还**(huán) 返回。

🔸**大 意**🔸 中年以后很有好道之心，晚年把家搬到了终南山边。兴致浓时我常独自游玩，美好的事情只有我自己知道。闲走到水的尽头处寻找源流，坐下来看云雾千变万化。偶尔遇到住在林中的老人，就和他谈笑聊天每每忘了回家的时间。

🔸**鉴 赏**🔸 这首诗写王维退隐后的闲适生活。诗人并没有具体描绘山中的景物，而是重点表现自己隐居山间怡然自得的心情，刻画出一个不问世事的隐者形象，体现了诗人高洁的志趣和豁达的心境。

黄鹤楼

〔唐〕崔颢

昔人已乘黄鹤去，此地空余黄鹤楼。

黄鹤一去不复返，白云千载空悠悠。

晴川历历汉阳树，芳草萋萋鹦鹉洲。

日暮乡关何处是？烟波江上使人愁。

○ **黄鹤楼** 在今湖北省武昌黄鹤山(又名蛇山)上，因而得名。

○ **昔人** 传说曾有仙人驾乘黄鹤从楼前路过，这里的昔人就是指仙人。

○ **晴川** 晴空照耀的江面。　　○ **历历** 分明可数。

○ **汉阳** 在今武汉市汉阳区，与黄鹤楼隔江相望。　　○ **萋萋** 草木茂盛的样子。

○ **乡关** 故乡。

大 意 昔日的仙人已经乘着黄鹤离去了，这里只留下一座黄鹤楼。黄鹤一去再也没有回来过，千百年来只有白云悠悠飘过。晴空照耀着江面，汉阳的树木清晰可见，鹦鹉洲上更是一片芳草茂盛。夕阳西下，不知道哪里才是故乡？只见江面上烟波渺渺，让人平添了几分忧愁。

鉴 赏 这首诗写诗人黄昏时分登临黄鹤楼的心情，历来被人们推崇为题黄鹤楼的绝唱。诗的前两句从传说落笔，借仙人驾鹤一去不返写出了岁月难再、世事空茫的幻灭感；后两句又将画面拉回眼前的景象，由好景引出思乡的情绪，情真意切，意境十分开阔。

登金陵凤凰台

〔唐〕李白

凤凰台上凤凰游，凤去台空江自流。

吴宫花草埋幽径，晋代衣冠成古丘。

三山半落青天外，二水中分白鹭洲。

总为浮云能蔽日，长安不见使人愁。

○ **凤凰台** 在江宁府(今江苏省南京市)城之西南隅。
○ **吴宫** 指三国时孙吴在金陵建都时所造宫室。　○ **幽径** 僻静的小路。
○ **晋代** 指东晋,东晋也曾在金陵建都。　○ **衣冠**(guān) 代指权贵。　○ **古丘** 坟墓。
○ **三山** 在今南京市西南长江边上。
○ **二水** 指秦淮河流经金陵后西入长江,被横截其间的白鹭洲分为两支。
○ **白鹭洲** 古时长江中的沙洲,在今南京水西门外,因多白鹭而得名。

❀**大 意**❀ 凤凰台上曾经有凤凰游走,如今凤凰离去,台下只剩江水独自奔流。吴国宫殿里僻静的小路已被花草掩埋,东晋时的名士早就成了孤冢荒丘。三山仿佛有一半都落在青天之外,江水被白鹭洲从中分成了两支。总是因为漂浮的白云能遮挡日光,看不见长安城让人心生忧愁。

❀**鉴 赏**❀ 这首诗是李白登金陵凤凰台时的怀古抒情之作。全诗以登临凤凰台的所见所感写起,把历史典故、眼前景物和诗人自己的感受结合在一起,抒发了诗人为国担忧的情怀和广阔的胸襟。

客　至

喜崔明衬相过

〔唐〕杜甫

舍南舍北皆春水，但见群鸥日日来。

花径不曾缘客扫，蓬门今始为君开。

盘飧市远无兼味，樽酒家贫只旧醅。

肯与邻翁相对饮，隔篱呼取尽余杯。

○ **春水** 春天的河水。

○ **花径** 花间的小路。　○ **缘** 因为。　○ **蓬门** 蓬草做成的门。指贫寒之家。

○ **飧**（sūn）指熟菜。　○ **无兼味** 没有第二样菜。

○ **樽**（zūn）酒杯。"樽酒"泛指酒。　○ **旧醅**（pēi）陈酒，旧酿。

○ **余杯** 没喝完的酒。

大　意 房屋南北都是春天的河水，只看见一群群鸥鸟日日飞来飞去。花间的小路从来没有因为客人而打扫过，简陋的蓬草门今天才为了你打开。盘中的饭菜由于离集市太远而没有第二样菜，杯子里的酒因为家里贫穷所以只有陈年旧酿。你若是肯和邻居的老翁一起对饮，那我就隔着篱笆呼唤他来喝余下的酒。

鉴　赏 这首诗是杜甫在成都浣花溪草堂定居时欢迎客人来访而作的。全诗具有浓郁的生活气息和人情味，流露出诗人在草堂的恬淡生活和诚挚的待客之心，景物描写和生活场景浑然一体，读来颇有趣味性。

酬乐天扬州初逢席上见赠

〔唐〕刘禹锡

巴山楚水凄凉地，二十三年弃置身。

怀旧空吟闻笛赋，到乡翻似烂柯人。

沉舟侧畔千帆过，病树前头万木春。

今日听君歌一曲，暂凭杯酒长精神。

○ 酬（chóu）酬谢。　○ 乐天 唐朝诗人白居易，字乐天。　○ 见赠 赠送给我。

○ 巴山楚水 概指诗人被贬谪过的地方。　○ 弃置 不被任用，遭到贬谪。

○ 旧 老朋友。　○ 闻笛赋 晋向秀在友人嵇（jī）康、吕安被害后，一次途经他们的旧居，听到邻人笛声悲惨，于是作《思旧赋》。这里借以抒发对死去的旧友的怀念。

○ 翻 反而，却。　○ 烂柯人 指饱经世事变幻的人。　○ 侧畔 旁边。

○ 长（zhǎng）增长，振作。

大　意　在巴山楚水这些凄凉的地方，我已经度过了二十三年被贬谪的时光。怀念老朋友只能徒然吟诵闻笛小赋，回到家乡倒像是历经了世事变幻。沉船的旁边还有成千船只经过，病树的前头也有上万棵树争春。今天听你为我高歌一曲，就暂且借这杯酒振作精神吧！

鉴　赏　这是一首回应白居易诗作的酬谢诗。诗人先以感伤的基调回顾自己被贬谪的境遇，表达世事变迁和人世艰难的悲痛怅惘之情；后四句却笔锋一转，一扫伤感低沉的情绪，尽显慷慨激昂的气概，体现了诗人坚定的意志和乐观的精神，蕴含着深刻的人生哲理。

归园田居 (其一节选)

〔晋〕陶渊明

少无适俗韵，性本爱丘山。

误落尘网中，一去三十年。

羁鸟恋旧林，池鱼思故渊。

开荒南野际，守拙归园田。

○ **适俗韵** 指适应世俗的气韵、风度。　○ **丘山** 山林，指大自然。

○ **尘网** 世俗的罗网，比喻仕途、官场。

○ **羁(jī)鸟** 笼中的鸟。　○ **渊** 深潭。

○ **守拙(zhuō)** 指不争名利，固守节操。

大 意 从小就没有适应世俗的气韵，天性本来就热爱山林自然。错误地落入尘世罗网中，一离开田园就是三十年。笼中的鸟总是依恋旧日的山林，池里的鱼总是思念从前的深潭。于是我在南野外开垦荒林，固守节操回归到田园之间。

鉴 赏 《归园田居》是诗人在辞官归隐后所作的一组诗，抒发诗人对田园生活的热爱。这首诗节选自其中的第一首，开始就追悔自己误落尘网的压抑与痛苦，真切地表达了诗人对黑暗官场的厌恶和不愿同流合污的高尚情操。

饮 酒

〔晋〕陶渊明

结庐在人境，而无车马喧。

问君何能尔？心远地自偏。

采菊东篱下，悠然见南山。

山气日夕佳，飞鸟相与还。

此中有真意，欲辨已忘言。

○ **结庐** 建造房舍，这里指寄居。　○ **人境** 人世，人间。　○ **喧(xuān)** 喧闹声。
○ **尔** 如此，这样。
○ **日夕** 傍晚。　○ **相与** 共同，一道。

🎝**大 意**🎝 把房屋建造在人世间，却没有车马的喧嚣。问我为什么能这样？心远离世外，地方自然就显得偏僻了。在东边的篱笆下采摘菊花，悠然间看见远处的南山。傍晚山中的景色非常好，有飞鸟结着伴共同归巢。这其中似乎蕴含着真正的人生意义，刚想要辨别，却已经忘了语言。

🎝**鉴 赏**🎝 《饮酒》是陶渊明创作的一组诗，共有二十首，这是其中第五首。诗的前四句写诗人摆脱世俗烦恼后的喜悦之情，后四句描写南山的美丽晚景和诗人的感受，充分体现了诗人的高洁人格和安贫乐道的生活情趣。

古朗月行（节选）

〔唐〕李白

小时不识月，呼作白玉盘。
又疑瑶台镜，飞在青云端。

○ **朗月** 明月。
○ **呼** 叫。
○ **瑶台** 传说中神仙住的地方。

大 意 小时候不认识月亮，把它叫作白玉盘。又怀疑是瑶台仙人的明镜，飞到了青云的边上。

鉴 赏 这首诗是李白借乐府古题创作的，写月亮初升时美丽的景致。诗人运用浪漫主义手法，借助丰富的想象和奇异的神话传说，表现出儿童的天真生动。全诗语言质朴有趣，耐人回味。

月下独酌

〔唐〕李白

花间一壶酒，独酌无相亲。

举杯邀明月，对影成三人。

月既不解饮，影徒随我身。

暂伴月将影，行乐须及春。

我歌月徘徊，我舞影零乱。

醒时同交欢，醉后各分散。

永结无情游，相期邈云汉。

○ **酌**（zhuó）喝酒。
○ **相亲** 亲朋、知音的陪伴。　○ **既** 已经。　○ **徒** 徒然，白白地。
○ **及** 趁着。　○ **零乱** 散乱。　○ **同交欢** 一起欢乐。
○ **相期** 相约。　○ **邈**（miǎo）遥远。　○ **云汉** 天河，此处指天上仙境。

🙊**大 意**🙊 在花间摆上一壶好酒，独自一人喝着，没有亲友相陪。举杯邀请明月，与我的身影一起成了三人。月亮已经不懂得喝酒的乐趣，影子还徒然跟随在我身后。暂且让月亮和影子与我做伴吧，趁此美好春日必须要及时行乐。我唱歌时月亮左右徘徊，我起舞时影子前后飘散。清醒时我们一起欢乐，喝醉后就各自分散。但愿能永远结成没有情感的玩伴，相约在遥远的天上仙境去遨游。

🙊**鉴 赏**🙊 这首诗写诗人在月夜独自喝酒时的心情。诗人想象奇特，将明月和月光下自己的影子拉来一起喝酒，体现了诗人怀才不遇的孤独和在失意中仍旷达乐观的性格。

金缕衣

无名氏

劝君莫惜金缕衣，劝君惜取少年时。

有花堪折直须折，莫待无花空折枝。

○ **金缕衣** 这里指华丽贵重之物。

○ **堪** 能够，可以。

大 意 劝你不要顾惜华贵的金缕衣，劝你要珍惜青春年少的时光。花开宜折的时候就要赶紧去折，不要等到花谢了去折取空枝。

鉴 赏 这是唐朝时期的一首乐府诗，作者已不知道是谁。诗句很简单，就是劝人珍惜时间，不要辜负了大好时光，最后空自后悔。作者并没有具体指向什么事，字面背后却蕴含丰富的哲理，意蕴深远，这首小诗也因此而广为流传。

长歌行

汉乐府民歌

青青园中葵，朝露待日晞。

阳春布德泽，万物生光辉。

常恐秋节至，焜黄华叶衰。

百川东到海，何时复西归！

少壮不努力，老大徒伤悲。

○ **葵** 是我国古代重要的蔬菜，即葵菜，不是向日葵。

○ **朝(zhāo)露** 清晨的露水。　○ **晞(xī)** 晒干。

○ **阳春** 温暖的春天。　○ **布** 布施，施行。　○ **德泽** 恩惠。

○ **秋节** 指秋季。　○ **焜(kūn)黄** 形容草木凋落枯黄的样子。　○ **华** 同"花"。

○ **川** 河流。"百川"泛指所有的江河。　○ **复** 又，再。

○ **老大** 指年纪大。

🔅大 意🔅 园中的葵菜郁郁葱葱，清晨的露水等待阳光晒干。温暖的春天施下它的恩惠，万物都生出明亮的光辉。常常担心秋天到来，草木枯黄花叶凋零。所有的江河都向东奔流入海，什么时候会再回到西边呢？年少力壮时如果不努力，到老就只能徒自悲伤了。

🔅鉴 赏🔅 这首诗是汉乐府中劝人珍惜时间的名篇。诗人从园中的葵菜说起，写出了大自然生机盎然的景象，借此表达诗人对人生和青春的赞美，鼓励人们奋发努力。全诗充满了积极向上的乐观精神，催人奋进。

柏　舟（节选）

《诗经》

我心匪石，不可转也。

我心匪席，不可卷也。

威仪棣棣，不可选也。

○ **匪** 同"非"，不是。　○ **转**（zhuǎn）移动。

○ **威仪** 庄严的容貌举止。　○ **棣**（dì）**棣** 雍容娴雅的样子。　○ **选** 退让。

大　意 我的心不是一块石头，不能随意移动。我的心不是一卷席子，不能随意翻卷。举止端庄娴雅有尊严，不会轻易退让。

鉴　赏 这首诗紧扣一个"忧"字，抒发诗人遭小人构陷、一腔抱负无法施展的忧愤之情。这一节诗人连用几个比喻句，形象地写出了诗人不愿与黑暗现实同流合污的高尚情怀。诗句一气呵成，十分精彩。

春江花月夜（节选）

〔唐〕张若虚

春江潮水连海平，海上明月共潮生。

滟滟随波千万里，何处春江无月明。

江流宛转绕芳甸，月照花林皆似霰。

空里流霜不觉飞，汀上白沙看不见。

江天一色无纤尘，皎皎空中孤月轮。

江畔何人初见月？江月何年初照人？

人生代代无穷已，江月年年只相似。

不知江月待何人，但见长江送流水。

o **滟**(yàn)**滟** 动荡闪光的样子，指水面映照的月光。

o **芳甸**(diàn) 芳草丰茂的原野。　o **霰**(xiàn) 雪珠，小冰粒。

o **汀**(tīng) 江畔浅处有沙之地。

o **纤**(xiān) 微小。　o **孤月轮** 一轮明月。

大 意 春天的江潮与大海连成一片，海上的明月和潮水一同涌出。江面的月光随波闪耀千万里，什么地方的春江会没有明亮的月光！江水宛转绕着芳草丰茂的原野流淌，月光照耀在开满鲜花的树林好似雪珠般闪烁。空蒙的月光下察觉不到飞霜流动，水边的沙洲看不清上面的白沙。江水和天混成一色，没有一点儿微尘，明亮的天空只有一轮孤月高悬。江边什么人最初看见月亮？江上的月亮什么时候开始照耀着人间？人生一代代无穷无尽，只有江上的月亮一年年望去总那么相似。人对江月的感觉是如此，不知月照人时的反应怎样？只见到江水浩荡，日夜川流不息。

鉴 赏 这首诗紧扣春、江、花、月、夜的背景，以月为主体，以江为场景，描绘了一幅清幽渺远的春江月夜图。诗人由美景展开，引出对人生短暂的感慨，在绝美的意境中凝聚着诗人对于人生哲理的探索。

水调歌头·中秋

〔宋〕苏轼

丙辰中秋，欢饮达旦，大醉，作此篇。兼怀子由。

明月几时有？把酒问青天。不知天上宫阙，今夕是何年。我欲乘风归去，又恐琼楼玉宇，高处不胜寒。起舞弄清影，何似在人间？

转朱阁，低绮户，照无眠。不应有恨，何事长向别时圆？人有悲欢离合，月有阴晴圆缺，此事古难全。但愿人长久，千里共婵娟。

- 宫阙(què) 宫殿。
- 琼楼玉宇 指月宫，即前文所说的"天上宫阙"。　　○ 胜 胜任，禁得起。
- 弄 赏玩。"弄清影"意思是舞弄孤单的身影。　　○ 何似 哪里像是。
- 绮(qǐ)户 雕花的窗户。　　○ 何事 为什么。　　○ 婵娟 指月亮。

大意 明月什么时候出现的呢？我端起酒杯问青天。不知道在天上的宫殿里，现在是什么年代。我想乘着风飞到天上，又怕在月宫里，经受不住高处的寒冷。我对月起舞，舞弄孤单的身影，哪像是生活在人世间？

月光转过朱红色的阁楼，低低地透过雕花窗户，照着没有睡意的我。这明月该不会对人这样无情吧，为什么偏爱在人们离别时才圆呢？人的一生有悲欢离合的变迁，月亮也要经历阴晴圆缺，这种事自古以来就是这样，没有什么十全十美的办法。只希望我们的亲人都能平安长寿，即使远隔千里，也能一同欣赏这美丽的月色。

鉴赏 苏轼与弟弟苏辙多年未曾团聚，中秋节通宵欢饮后作了这首词，表达对苏辙的无限怀念。词中营造出一种皓月当空、孤高旷远的氛围，也反衬出苏轼遗世独立的意绪。

蝶恋花

〔宋〕苏轼

花褪残红青杏小。燕子飞时，绿水人家绕。枝上柳绵吹又少，天涯何处无芳草！

墙里秋千墙外道。墙外行人，墙里佳人笑。笑渐不闻声渐悄，多情却被无情恼。

○ **褪**（tuì）脱落，凋谢。　○ **残红** 凋残的花，落花。　○ **柳绵** 即柳絮。
○ **恼** 懊恼，烦闷。

🌀**大　意**🌀 花儿凋落，青杏尚小。正是燕子飞来的时节，碧绿的河水绕着村落人家。枝头的柳絮被风吹得越来越少，但天下什么地方又会没有芳草呢？

　　墙里有一个秋千，墙外有一条小道。墙外的行人听见墙里少女的欢笑。笑声渐渐听不见了，四周变得静悄悄的，只剩下多情的行人正为了无情的少女而懊恼。

🌀**鉴　赏**🌀 这首词通过对暮春景色的描写，抒发了作者对韶光流逝的惋惜和对美好事物的向往。尤其是词的下片，作者借墙里的佳人和墙外的行人来表达对人生况味的思索，读来十分耐人寻味。

青玉案·元夕

〔宋〕辛弃疾

东风夜放花千树，更吹落、星如雨°。宝马雕车°香满路。凤箫°声动，玉壶°光转，一夜鱼龙°舞。

蛾儿雪柳黄金缕°，笑语盈盈暗香去。众里寻他千百度°；蓦然°回首，那人却在、灯火阑珊°处。

- **星如雨** 星，比喻灯。形容漫天的焰火。
- **宝马雕车** 珍贵的宝马，华丽的车子。指考究的车骑。
- **凤箫** 箫的美称。　　**玉壶** 比喻月亮，一说指灯。　　**鱼龙** 指鱼形龙形的灯。
- **蛾儿雪柳黄金缕** 蛾儿、雪柳、黄金缕都是古代妇女元宵节时头上佩戴的装饰品。
- **度** 次。　　**蓦(mò)然** 猛然。　　**阑珊** 零落，将尽。

大 意 就像春风一夜吹开了满树的繁花，又吹得星光般的焰火像雨一样落下。豪华的马车在经过的道路上留下了香气。箫声四处回荡，明亮的月光渐渐西斜，可是大街小巷还在表演各种各样的灯舞。

美人头上戴着漂亮的饰物，笑意盈盈地走过，留下阵阵幽香。我在人群中找了她千百次，猛然一回头，她却孤单地站在灯火零落的地方。

鉴 赏 这首词极力渲染元宵节绚丽多彩的热闹场面，反衬出一个孤高淡泊、超群脱俗、不同于金翠脂粉的女性形象，寄托着作者政治失意后不愿与世俗同流合污的孤高品格。